نُعُوم يَتَعَلَّمُ الطَّيَرَانَ

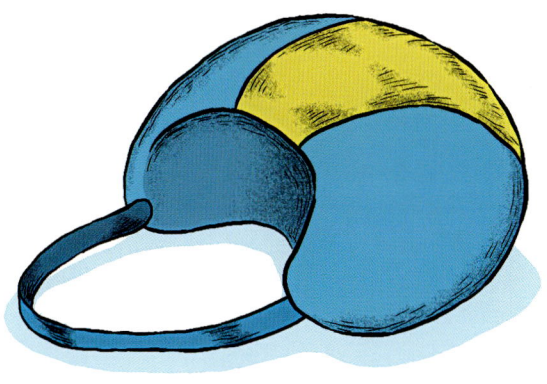

دار جامعة حمد بن خليفة للنشر
صندوق بريد 5825
الدوحة، دولة قطر

www.hbkupress.com

Teaching Eddie to Fly
Copyright © Albatros Media a.s., 2017
Author & Illustrations © Katarina Macurova, 2017
www.albatrosmedia.eu
All rights reserved.

جميع الحقوق محفوظة.

لا يجوز استخدام أو إعادة طباعة أي جزء من هذا الكتاب بأي طريقة دون الحصول على الموافقة الخطية من الناشر باستثناء حالة الاقتباسات المختصرة التي تتجسد في الدراسات النقدية أو المراجعات.

الطبعة العربية الأولى عام 2022

الترقيم الدولي: 9789927161513

تمت الطباعة في الدوحة - قطر.

مكتبة قطر الوطنية بيانات الفهرسة – أثناء – النشر (فان)

ماكوروفا، كاتارينا، مؤلف، رسام.

[Edi se uči leteti]. Arabic

نعوم يتعلم الطيران / تاليف ورسوم كاتارينا ماكوروفا ؛ ترجمة ريما إسماعيل. الطبعة العربية الأولى. – الدوحة، دولة قطر : دار جامعة حمد بن خليفة للنشر، 2022.

صفحة ؛ سم

تدمك: 3-151-716-992-978

ترجمة لكتاب: Edi se uči leteti.

1. النعام -- قصص للأطفال. 2. الصداقة -- قصص للأطفال. 3. قصص الأطفال السلوفاكية -- المترجمات إلى العربية. 4. الكتب المصورة. أ. إسماعيل، ريما ، مترجم. ب. العنوان.

PG5429 .M33125 2022

202228552787

891.87 – dc23

نَعُّوم يَتَعَلَّمُ الطَّيَرانَ

تأليف ورسوم: كاتارينا ماكوروفا
ترجمة: ريما إسماعيل

دار جامعة حمد بن خليفة للنشر
HAMAD BIN KHALIFA UNIVERSITY PRESS

أُعَرِّفُكُمْ عَلَى الدُّبِّ شَمْشُوم.

وَعَلَى طائِرِ النَّعامِ نَعُّوم...

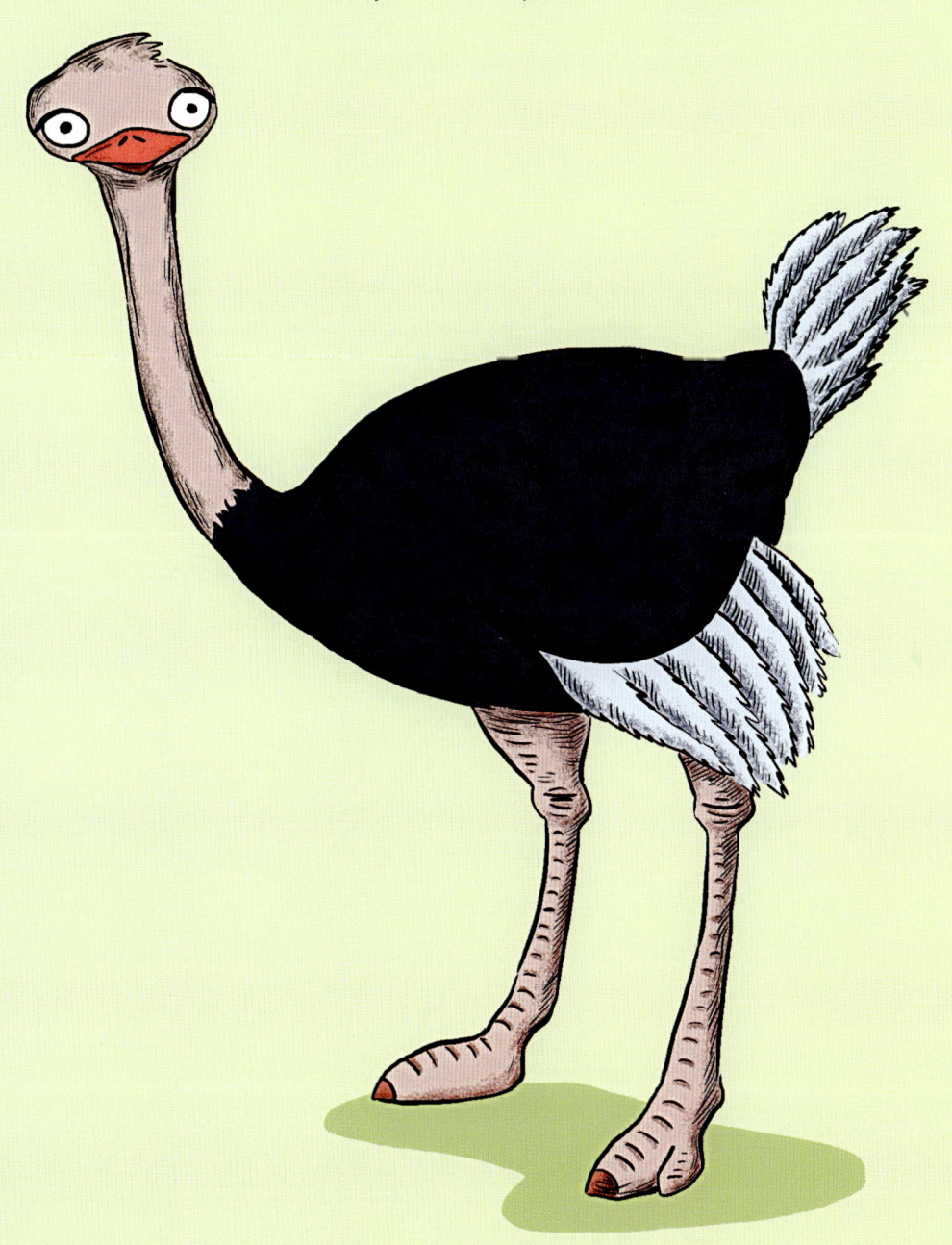

...نَعُّوم طائِرٌ لا يَطِيرُ.

بَلْ يَتَنَقَّلُ مِنْ مَكانٍ إِلَى آخَرَ سَيْرًا عَلَى قائِمَتَيْهِ.

ذاتَ يَوْم، سَأَلَهُ صَدِيقُهُ شَمْشُوم: "لِماذا لا تَطِيرُ يا نَعُّومُ؟"
فَأَجابَهُ نَعُّوم: "لِأَنَّ أَحَدًا لَمْ يُعَلِّمْني الطَّيَرانَ".

فَقالَ شَمْشُوم: "أَنا سَأُعَلِّمُكَ كَيْفَ تَطِيرُ".

شَرَحَ شَمْشُوم لِصَدِيقِهِ الدَّرْسَ الأَوَّلَ عَنِ الطَّيَرانِ.

شَمْشُوم يُحِبُّ الشَّرْحَ والتَّعْلِيمَ كَثِيرًا.

أَمَّا نَعُّوم فَلَمْ يُحِبَّ دَرْسَ الطَّيَرانِ، وَلَمْ يَجِدْهُ مُمْتِعًا أَبَدًا. لِذَلِكَ اقْتَرَحَ عَلَيْهِ شَمْشُوم أَنْ يُجَرِّبَ الطَّيَرانَ عَمَلِيًّا.

لَكِنْ كَيْفَ؟ والطَّائِرُ نَعُّوم يَخافُ مِنَ الأَماكِنِ المُرْتَفِعَةِ.

طَمْأَنَهُ شَمْشُوم قائِلًا: «لا تَخَفْ يا نَعُّومُ،
سَأُعَلِّمُكَ الطَّيَرانَ، وَسَتَكُونُ بِخَيْرٍ».

وَتابَعَ شَمْشُوم: "اِفْرِدْ جَناحَيْكَ أَوَّلًا...

ثُمَّ حَرِّكْهُما إِلَى أَعْلَى...

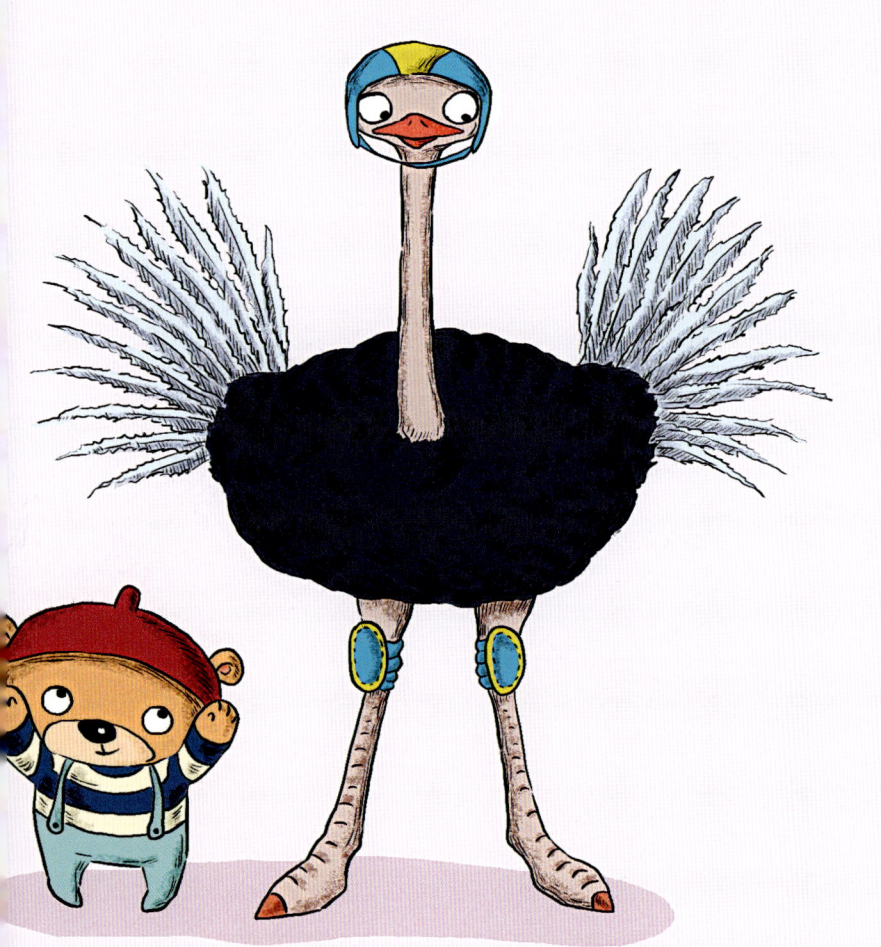

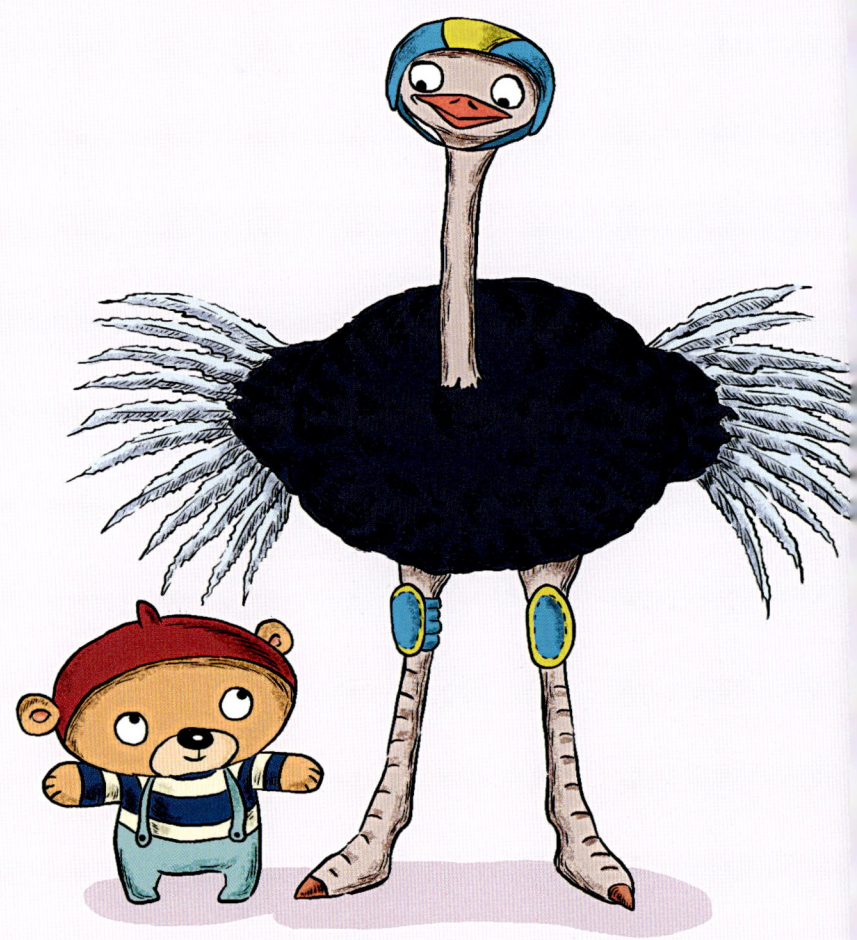

بَعْدَ ذَلِكَ... إِلَى أَسْفَلَ... ثُمَّ رَفْرِفْ بِجَناحَيْكَ، أَيْ حَرِّكْهُما سَرِيعًا".

لَمْ يَرْتَفِعْ نَعُّوم فِي الهَواءِ.
فَتَفَقَّدَ شَمْشُوم جَناحَيْ نَعُّوم،
لِيَرَى إِذا كانَا يُعِيقانِ طَيَرانَهُ...

... وَإِذا كانا يُرَفْرِفانِ كَما يَجِبُ.

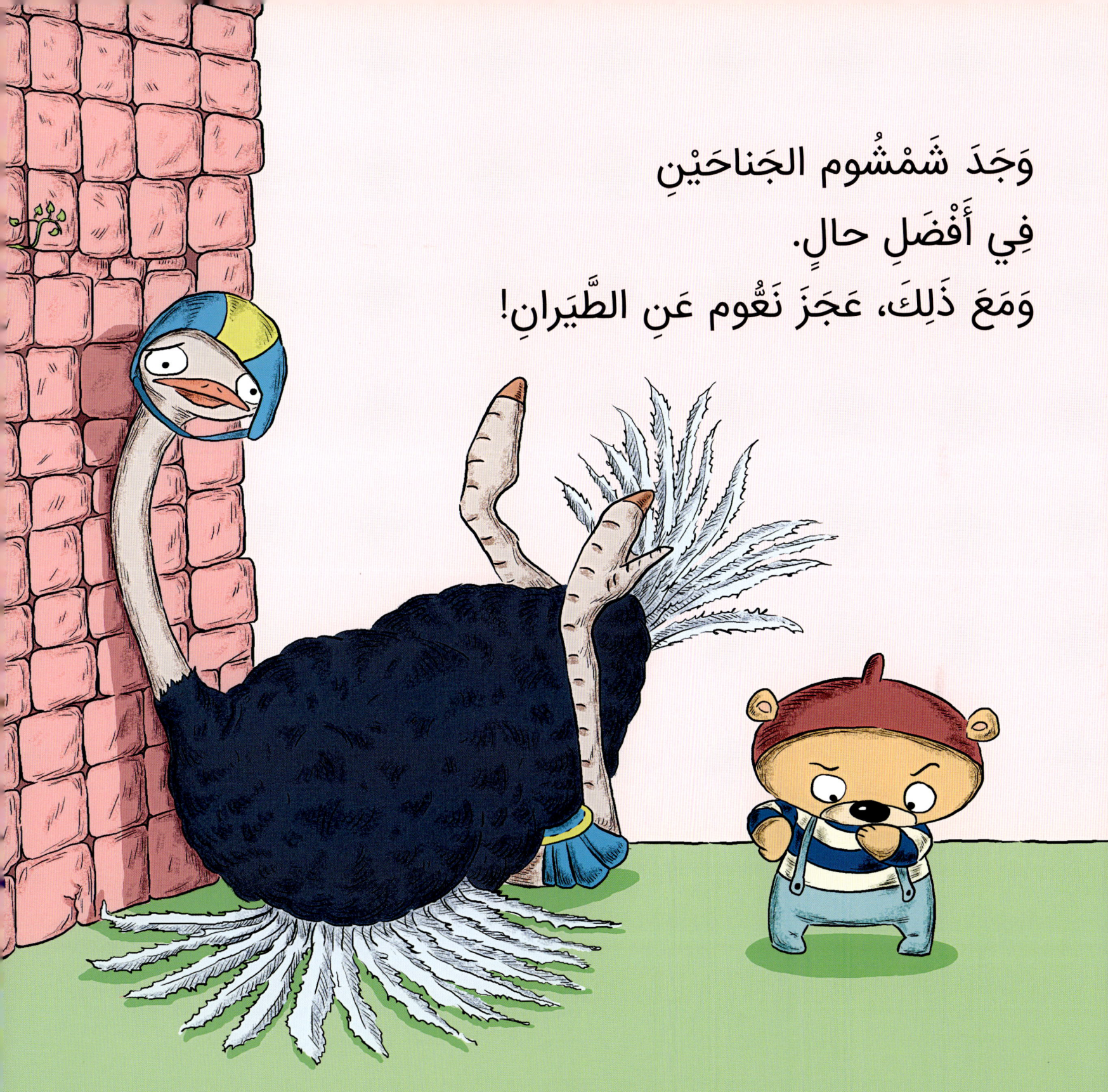

وَجَدَ شَمْشُوم الجَناحَيْنِ
فِي أَفْضَلِ حالٍ.
وَمَعَ ذَلِكَ، عَجزَ نَعُّوم عَنِ الطَّيَرانِ!

جَرَّبَ شَمْشُوم طُرُقًا مُخْتَلِفَةً لِتَعْلِيمِ نَعُّوم الطَّيَران.
كانَ نَعُّوم يَسْتَمْتِعُ أَحْيانًا...

... وَلا يَسْتَمْتِعُ أَحْيانًا أُخْرَى.

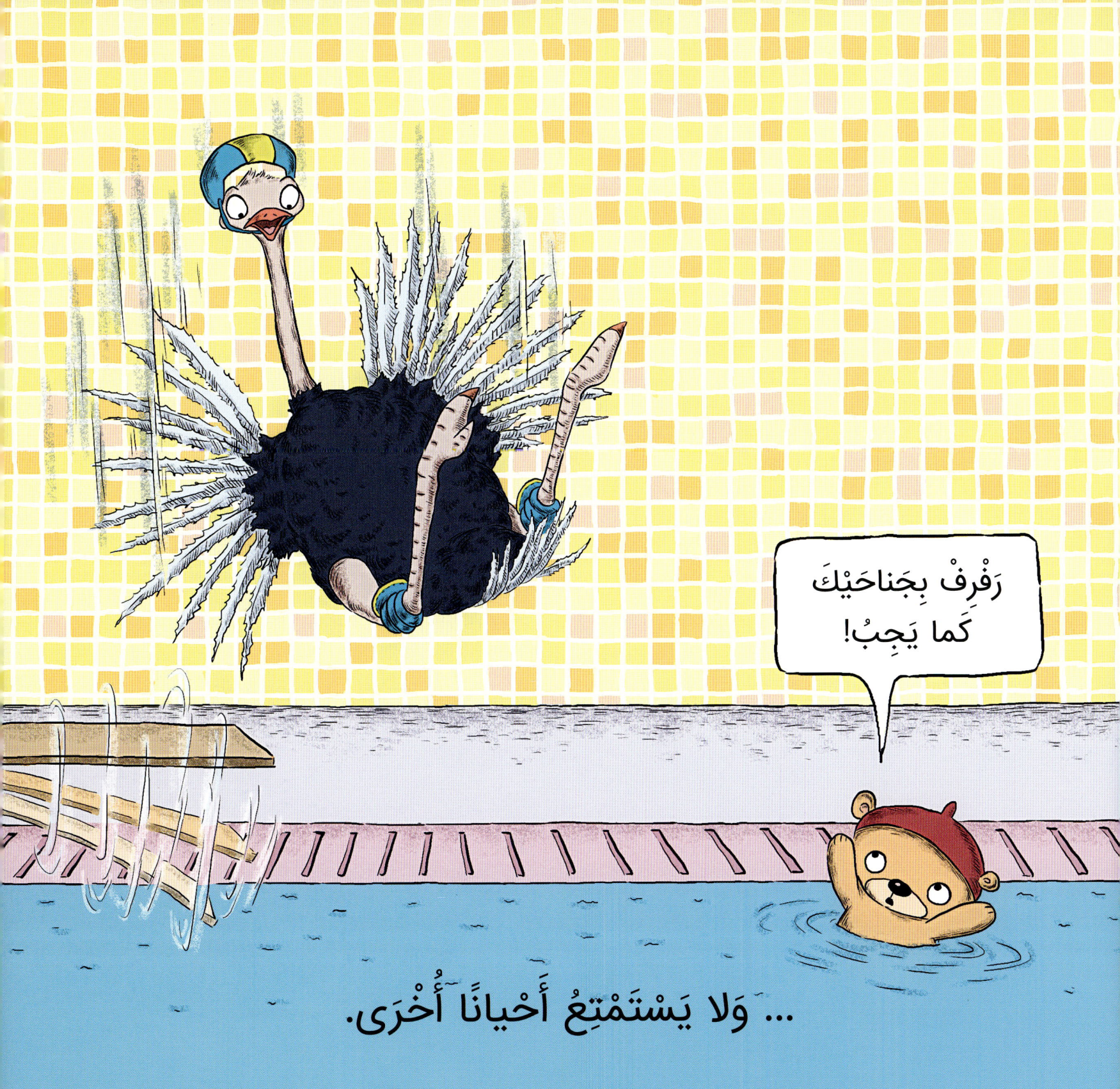

فَكَّرَ شَمْشُوم بِحَلٍّ يُساعِدُ بِهِ صَدِيقَهُ عَلَى الطَّيَرانِ...

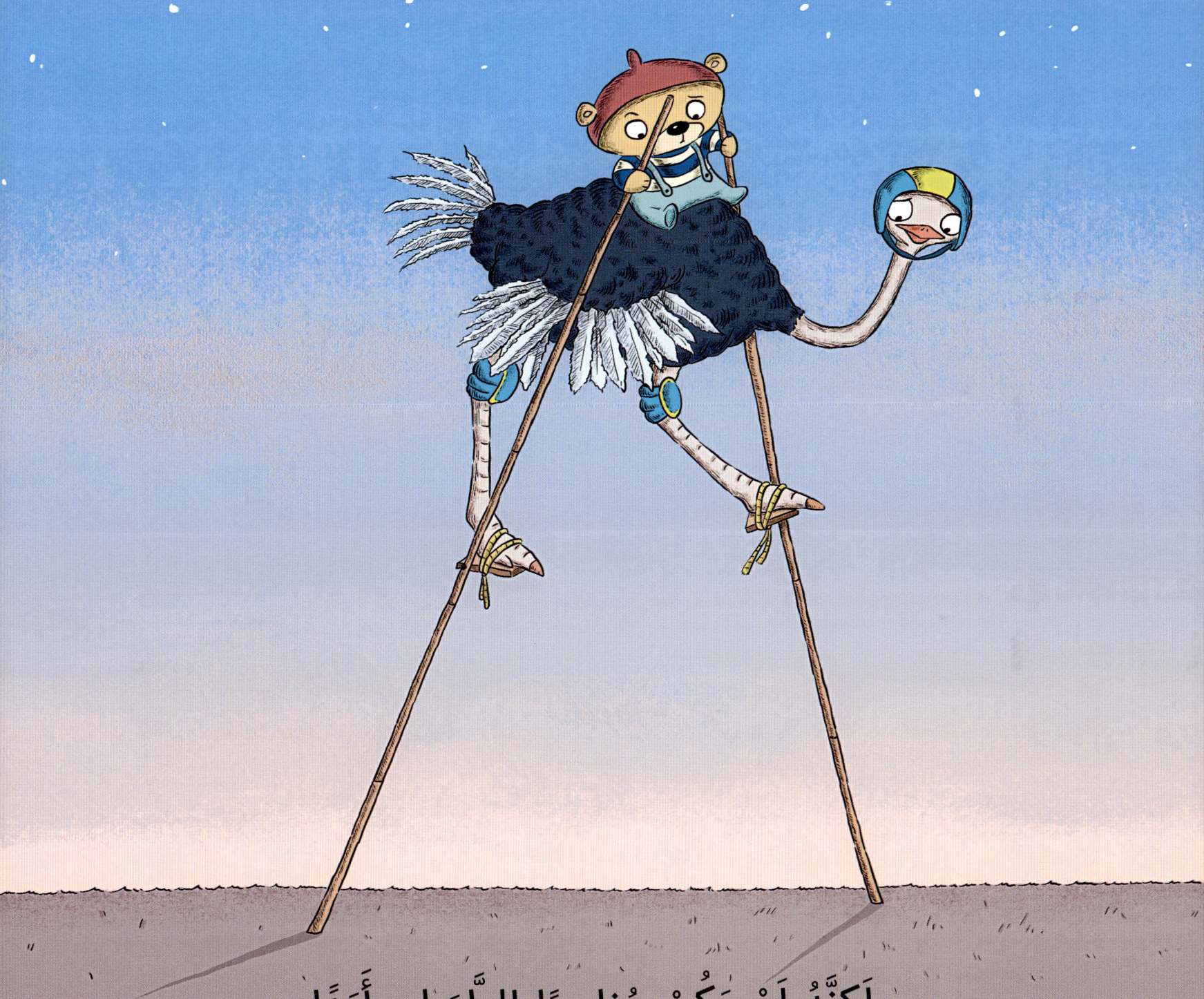

... لَكِنَّهُ لَمْ يَكُنْ مُناسِبًا للطَّيَرانِ أَبَدًا.

جَرَّبا كُلَّ الوَسائِلِ المُمْكِنَةِ...

... وَغَيْرِ المُمْكِنَةِ.

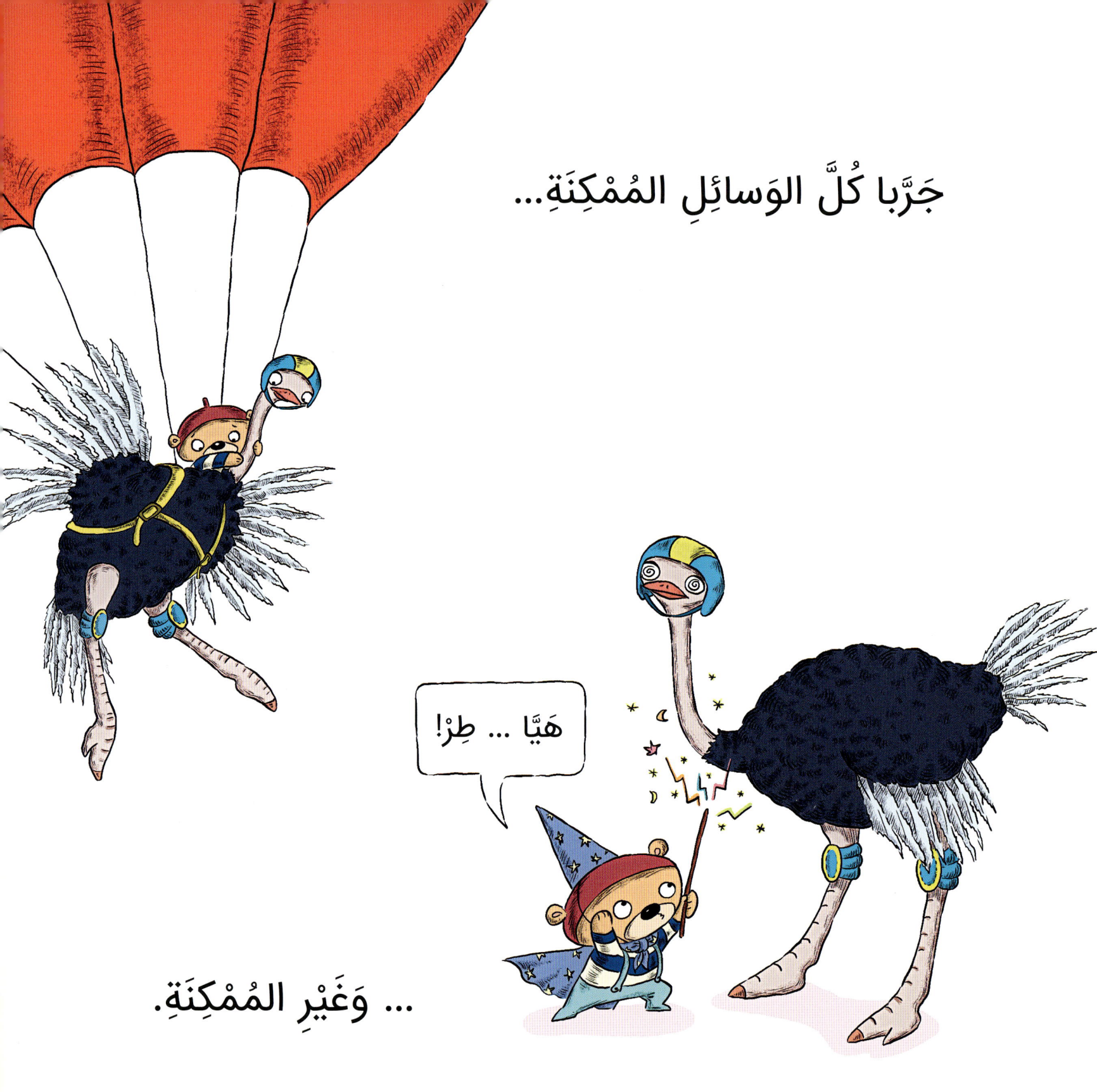

ظَلَّ نَعُّوم عاجِزًا عَنِ الطَّيَرانِ، فَشَعَرَ شَمْشُوم بِالفَشَلِ.
ثُمَّ خَطَرَتْ لَهُ فِكْرَةٌ!

قالَ شَمْشُوم: "هَيَّا بِنا نَسْأَلْ طُيُورًا أُخْرَى كَيْفَ تَعَلَّمَتِ الطَّيَرانَ".

ما مَعْنَى الطَّيَرانِ؟

سَألَا طائِرَ البِطْرِيقِ، لَكِنَّهُ لَمْ يَسْتَطِعْ مُساعَدَتَهُما.

ثُمَّ سَأَلَا طائِرَ الكِيوِي،
وَلَكِنَّ السُّؤالَ حَيَّرَهُ.

الطَّيَرانُ؟ هَلْ هُوَ
نَوْعٌ مِنَ الطَّعامِ؟

طِرْ! طِرْ! طِرْ!
طِرْ! طِرْ!

وَأَخِيرًا، سَأَلَا طائِرَ
البَبَّغاءِ، لَكِنَّهُ لَمْ يُعْطِهِما
أَيَّ مَعْلُومَةٍ جَدِيدَةٍ.

قالَ نَعُّوم مُتَنَهِّدًا: «يَبْدُو أَنَّنِي لَنْ أَطِيرَ أَبَدًا».
رَدَّ شَمْشُوم: «دَعْنا نَعُدْ إِلَى البَيْتِ، وَنُفَكِّرْ بِحُلُولٍ أُخْرَى».

شَعَرَا معًا بِأَنَّ طَرِيقَ البَيْتِ طَوِيلٌ جِدًّا.
وَأَحَسَّ شَمْشُوم بِأَلَمٍ فِي قَدَمَيْهِ.

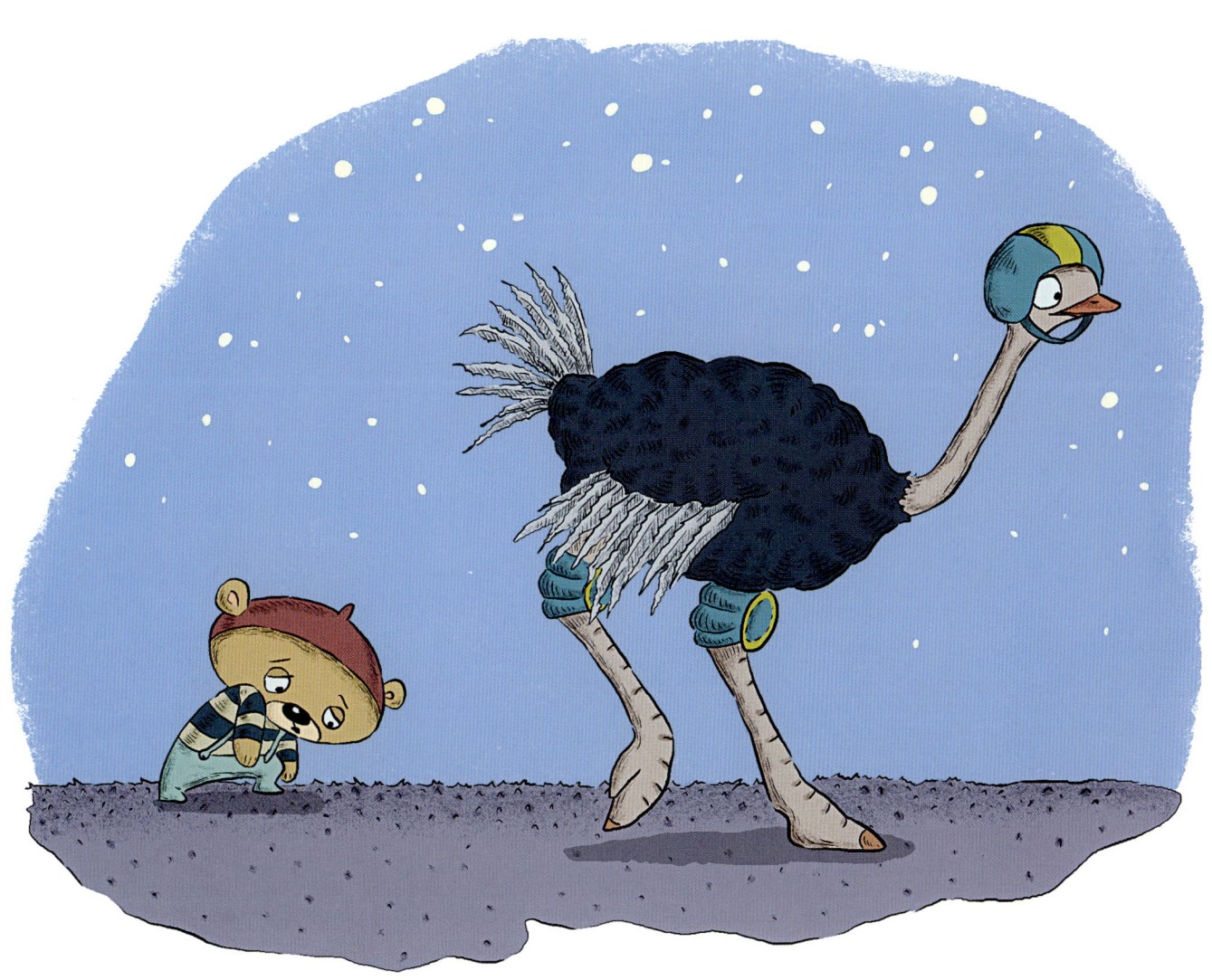

قالَ نَعُّوم لِصَدِيقِهِ: «دَعْنِي أَحْمِلْكَ».

وَبَدَأَ نَعُّوم يَمْشِي بِبُطْءٍ...

... ثُمَّ أَخَذَ يَمْشِي بِسُرْعَةٍ...

... ثُمَّ واصَلَ المَشْيَ بِسُرْعَةٍ أَكْبَرَ...

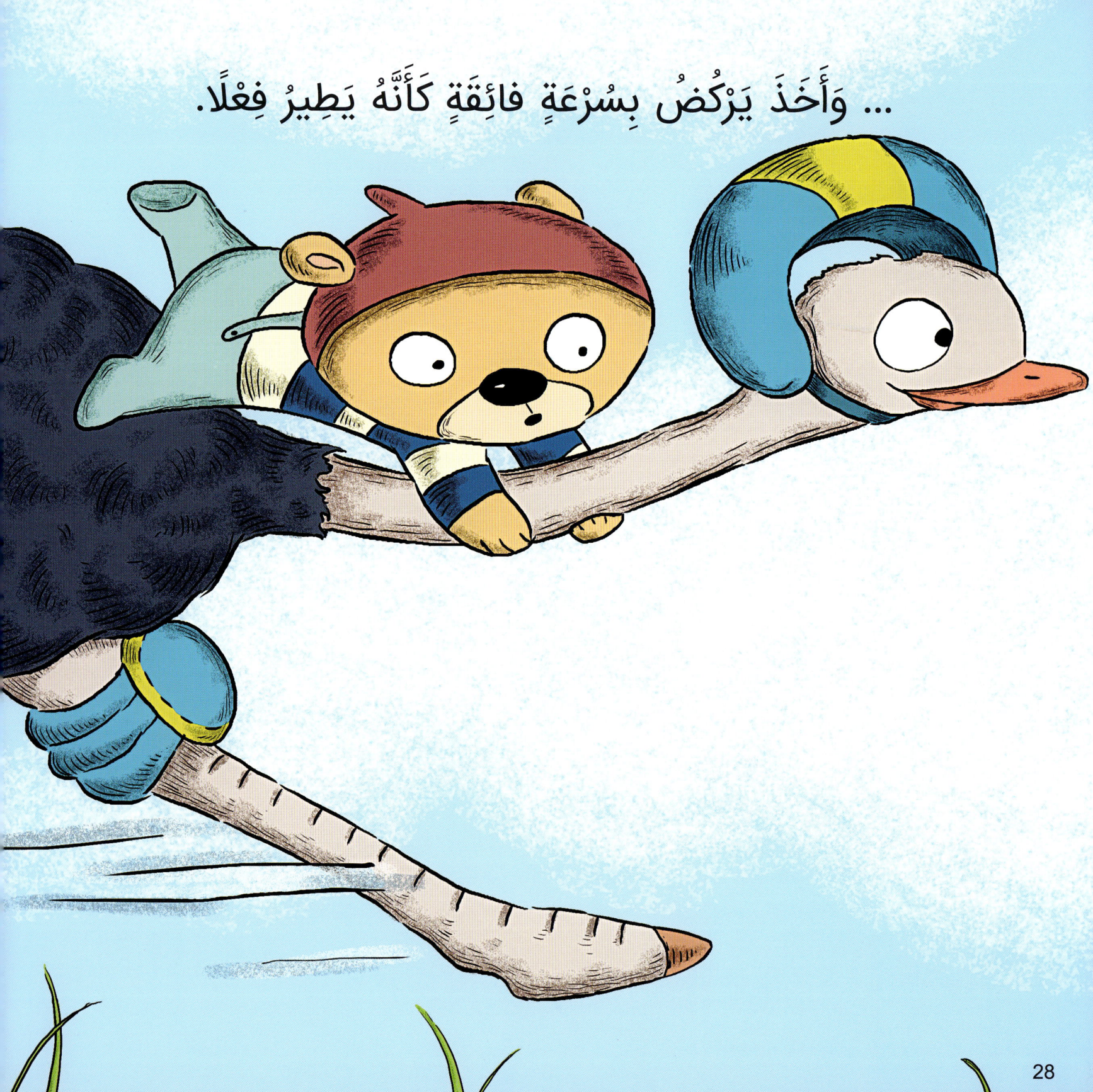

... وَأَخَذَ يَرْكُضُ بِسُرْعَةٍ فائِقَةٍ كَأَنَّهُ يَطِيرُ فِعْلًا.

قالَ شَمْشُوم: "يا لَقائِمَتَيْكَ السَّرِيعَتَيْنِ، أَنْتَ لَسْتَ بِحاجَةٍ لِتَعَلُّمِ الطَّيَرانِ أَبَدًا!"

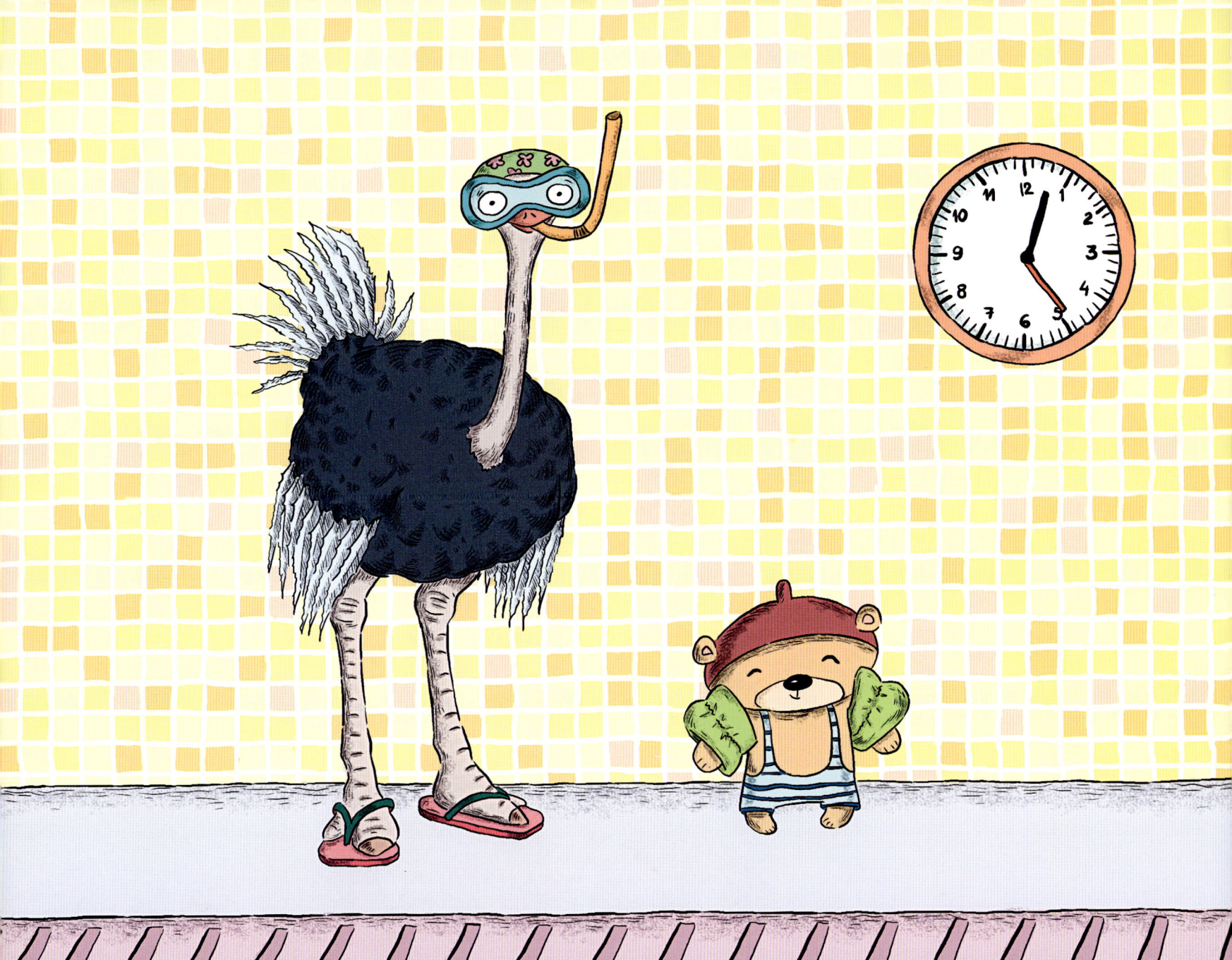

وَأَضافَ شَمْشُوم: «سَأُعَلِّمُكَ السِّباحَةَ عِوَضًا عَنِ الطَّيَرانِ».

12
1
2
3
4
5
6
7
8
9
10
11

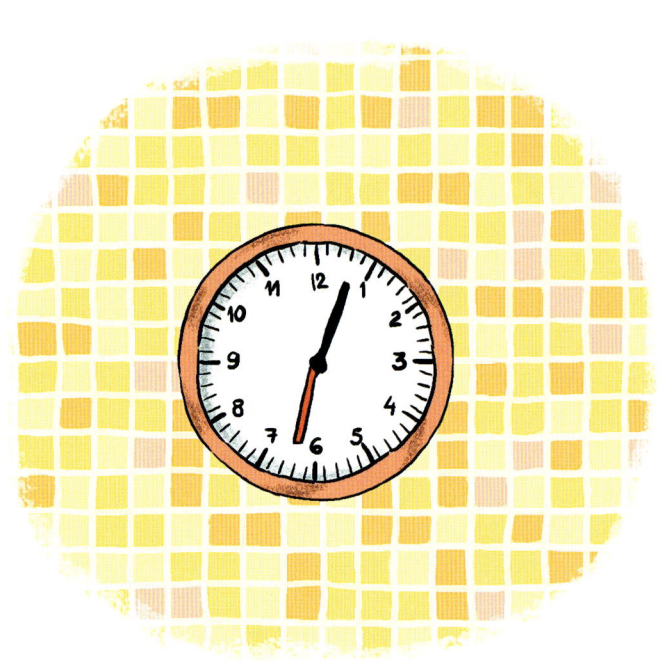